Deborah Kusch

Wellenwind

Machtwort
Machtwortverlag

Bibliografische Information Der Deutschen Bibliothek
Die Deutsche Bibliothek verzeichnet diese Publikation in der Deutschen Nationalbibliografie; detaillierte bibliografische Daten sind im Internet über http://dnb.ddb.de abrufbar

Machtwortverlag * Orangeriestr. 31 * 06847 Dessau
Tel.: 0340-511558

Satz, Cover und Layout: Grafikstudio Lückemeyer, Dessau
Coverbild: Willy Heine

1. Auflage 2010

ISBN 978- 3-86761-072-8

Inhalt

Gespiegelt 7
Dunkelheit 9
Perspektive nur vielleicht 10
Kosmos 11
Vorstellungskraft 12
Wenn das nicht Liebe ist 13
Gegenteilige Einheit 14
Bodenlos 15
Purpur 16
Strand 17
Fataler Irrtum 18
Regenbogenträume 19
Wenn der Mond die Sonne küsst 20
Naher Frühling 21
Nur so 22
Orkan 23
Traumland 24
Ja 25
Sterbliche Unsterblichkeit 26
Herbstwald 27
Lass uns tanzen 28
Mondlicht 29
Wellenwind 30
Fast 31

Annahme 33
Konflikt 35
Stetig 36
Lebenslooping 37
Monumente 38
Pfeiler 39
W wie Welt 40
Die Seele schreit 41
Die Würde des Menschen 43
Dorn im Fleisch 44
Lass es gut sein 45
Beide 46
Keiner 48
Sie schwimmen 49
Figuren 50
Zeitgeist 51
Ignoriert 52
Bedingung 53
Blatt im Wind 54
Zurück zu hier 56

Festgehalten 57
Anker 59
Gebrochener Flügel 60
Gott mit dir 61
Bewahrheitung 62
Bald ist Abend 63
Wahres Licht 64
Vom Aufgang der Sonne 65
Nah 67

Dein Bild bleibt 68
Lied 69
Wesen 70
Frag doch 71

Menschlich 73
Augen 75
Letzter Akt 76
Kindheit 77
Selbstmitleid 78
Integrität 79
Heiter bis bedrohlich 80
Szene 81
Teilen 82
Wellenreiter 83
Erinnerungswert 84

Gespiegelt

Was zeigt er, der Spiegel? Das, was ich bin? Realität oder Fassade? Und worin wird es gespiegelt, das Ich? Ein lauer Sommerabend mit wolkenlosem Himmel, eine spiegelglatte Eisfläche, von verschneiten Tannen beschützt, Augen, bekannte, unbekannte, vertraute, geliebte, verabscheute, der Spiegel im anderen.
Zwei sich findende Seelen, die im Spiegel des anderen vollständig werden.
Ein Spiegel aus Worten, aus Gestik, aus unausgesprochenen Fragen.
Zum Spiegel kann vieles werden, ich würde behaupten, alles. Doch was will ich sehen? Und was wird gezeigt?
Ist er ehrlich, mein Spiegel, zu mir, zu anderen? Verziert, übertreibt, kaschiert, verdreht er?
Wem kann ich vertrauen bei meiner Selbstreflexion und wessen Sprache schwächt die Ehrlichkeit ab?
Bin ich selbst Spiegel für andere und was zeige ich ihnen?
Können Menschen überhaupt objektive Spiegel sein, ohne dass sie abgestumpft wirken? Ehrlich, ohne zu verletzen?
Die folgenden Gedichte, sind gespiegelte Poesie.
Meine, eine andere, Ihre vielleicht.
Ich habe Spiegelbilder gesucht, in der Natur, in dem Wesen anderer, im Alltag. Oftmals begegnen sie einem, wenn man am Wenigsten damit rechnet und sie überraschen mit ihren Antworten auf Fragen, die erst im Nachhinein formuliert werden.

Spiegelverkehrt, verdreht, schonungslos offen – je nach dem, situationsbedingt.
Spiegelbilder, Abbilder, Spiegelungen, Blendungen – „Gespiegelt" greift einige Spiegel auf.

Dunkelheit

Dunkelheit
wie diese
vertraut traumhaft
wunderschön
ein zauberhafter Schleier
aus sanftem Mondschein
Ein Gefühl
als wenn man eine Blume betrachtet
tanzende Märchen
in einer Melodie
aus klingendem Silber
Nacht
ohne jegliche Furcht
samtene Bahnen
hinauf zu den Sternen
keine Distanzen
nur Traumpfade
begleitete Schritte
schwebend fliegend
Dunkelheit
wie diese
vertraut traumhaft
ein Stück vom Abend
ein Stück vom Morgen
ein kleines Stück vom Jetzt
etwas weiter
Dunkelheit
Dunkelheit
wie diese.

Perspektive nur vielleicht

Als wäre es Hoffnung
Geduld nur vielleicht
zerfließende Tropfengebilde
die Sekunden auffangen
einfangen festhalten
wiedergeben
Als wäre es reines Weiß
Grau nur vielleicht
das Momente reflektiert
damit spielt
einäschert
Als wäre es schließlich
etwas später nur vielleicht
zerstäubendes Staubmeer
das Blicke verwandelt
vernebelt verschleiert
fort trägt
Als wäre es eindeutig
Perspektive nur vielleicht
ein auseinanderstrebendes Heer aus Tönen
die Gedanken einkreisen
umgarnen auffädeln
verzieren
Als wäre es nur Annahme
Vielleicht.

Kosmos

Dort wo all die Fragen sind
jedes Wort jeder Gedanke
Alles was jemals gedacht wurde
und die Vergangenheit
alle Stunden Minuten Sekunden
jeder Augenblick jeder Moment
Dieser Ort
ein Kosmos aus Zeitlosigkeit
der alle Ewigkeit enthält
nicht allzu groß
doch unerforscht
Dort wo alles Erlebte
jede Emotion jedes Lachen
all die Verse sind
Hier und dort
eben und jetzt
Der Kosmos
von der Größe einer Nussschale
so unbedeutend klein
zurückgehalten
ihnen alle Kraft geraubt
machtlose Hüllen
von einstigen Welten des Glücks
der Trauer der Liebe
Dort
unerreichbar unwiderruflich
Dort
Im Kosmos des Gewesenen.

Vorstellungskraft

Wo Schmetterlinge lachen
und roter Mohn blüht
Wo goldblaue Gedanken sind
und Poesie die Luft erfüllt
Wo Menschen Verbundenheit spüren
und kein Augenblick sich gleicht
Wo Freiheit weht wie sanfter Wind
und Elfen küssen im Abendrot
Dort wo
ja dort
Wo Wolken nicht das Mondlicht stören
und Sonnenuntergänge zeitlos sind
Wo Menschen ohne Flügel fliegen
und alles ein goldener Glanz bedeckt
Wo fragile Glasschlösser kostbare Schätze schützen
und Bücher mit grüner Tinte geschrieben sind
Wo man barfuß Sandburgen bauen kann
und alles klar und einfach ist
Dort wo
ja dort
zwischen Dämmerung und Traum
zwischen Wirklichkeit und Fantasie
Vorstellungskraft schwebt bringt
dort hin
dort wo
ja dort.

Wenn das nicht Liebe ist

Limetteneis bei dreißig Grad
ein violettes Kleid
vom Tanz gefächert
ein Blütenblatt
auf Wüstensand
- wenn das nicht Liebe ist
ein Gedicht vom Wind erzählt
barfuß über Tannennadeln
perlendes Lachen
am lauen Sommerabend
- wenn das nicht Liebe ist
ein Brief im Rosenstrauß
Sturmböen am Meer
ein Spaziergang
über den Regenbogen
- wenn das nicht Liebe ist
ein klingendes Schweigen
graugrüne Augen
die Hoffnung spiegeln
eine schillernde Oberfläche
aus silbernem Wasser
- wenn das nicht Liebe ist
ein Wort so klar
wie eine neblige Novembernacht
Liebe.

Gegenteilige Einheit

Liebe wie ein Adler
unnahbar und frei
Liebe wie ein Heimweg
vertraut und notwendig
Liebe wie die Zeit
einzigartig und doch
immer gleich?
Liebe wie ein Meer
stürmisch und ganz sanft
Liebe wie der Wind
unerwartet und stark
Liebe wie ein Leuchtturm
richtungweisend und schützend
Liebe wie ein Buch
verschlüsselt wenn man nicht liest
Liebe wie ein Wort
nicht zurückzuholen und so leicht vergänglich
Liebe wie eine Wüste
endlos und einsam
Liebe wie ein Sandkorn
schwach und doch gewaltig
Liebe wie ein Feuer
nicht zu löschen – zu ersticken?
Liebe
Liebe
wie eine Verheißung?

Bodenlos

Sinnlose Sinnlosigkeit
Schwimmend
über dem Bodenlosen
Vages Wagnis wagen
zwischen Felsen
und grundlosem Grund
Abhängig von Wellen
aus bruchsicherem Glas
Zähes Vorankommen
wegen Nichteingestehen
der eigenen fehlenden Kraft
willenlos mutlos
schwimmend
über dem Bodenlosen
Verdichtete Gedankenknäuel
schnüren die Luft ab
formatieren sich zum Sturm
Gefangen in sich selbst
Schwimmend
über dem Bodenlosen
Abtauchen ohne Aussicht
auf Klarheit
zwischen Felsen
und grundlosem Grund
Sinnlose Sinnlosigkeit
einzig aufhaltbar
durch schlichtes
Leben.

Purpur

Losgelöste Wolkenformationen
dorthin wo alles purpur ist
Festgehalten
von grauen Winden
Konventionen Farblosigkeit
blasse Gesichter
ohne Augen
leere Höhlen
die Ratlosigkeit spiegeln
flattern im aufkommenden Unwetter
richtungslose Halluzinationen
gespenstisch still
ein Reigen
der Hoffnungslosigkeit
in der aufkeimenden Dämmerung
dorthin wo alles purpur ist
Lebendig hell und bunt
Raus aus dieser Schattenwelt
Parallelexistenz
in absurder Irrealität
Losgelöst
doch wovon?
ohne Vergangenheit
und ohne Zukunft
dorthin wo alles purpur ist
Eine Vision
die am Leben hält.

Strand

Rollende Steine
im Lebensmeer
gerundet geschliffen
angepasst genormt
Stetige Wellen
langsam doch gründlich
uraltes Wasser
mit unendlicher Zeit
die Zeit
rundet schleift passt an
kaum noch als Fremdkörper zu erkennen
in Sand aufgelöst
Aufgelöste Wichtigkeiten
Ängste Sorgen Fragen
Das
was alles andere erstickt hat
Rollende Steine
im tosenden Sturm
Einst lebensentscheidend
schmerzhaft großartig
Nur noch ein Stein
einer von tausenden
gerundet geschliffen
bildet den Lebensstrand
Manche Unikate bleiben
fliehen vor der Zeit
vereinzelte
nicht den Gezeiten
unterworfen.

Fataler Irrtum

Ein Ich gesucht
mein Ich
mich
gesucht geforscht
nach etwas
das so nicht existiert
existieren wird
zu finden
in der Vielfältigkeit
in jeder Rolle
im Dialog mit der Einsamkeit
im Monolog mit einem anderen
Vielleicht in sich kreuzenden Gedankensträngen
Einfachheit vermutet
klar zu erkennende Struktur
Diesem Ich
die Vielschichtigkeit abgesprochen
Masken als Kritik
Doch sind sie da
ohne Gesichter
tausendfach lebendig
eine wäre zu wenig
bilden dieses Ich
mein Ich
mich
Bestandteil einer Persönlichkeit
ein winziger Ausschnitt
Vielleicht für jemanden
die Welt.

Regenbogenträume

Explodierende Farben
Regenbogenträume
träumen im Regen
bunte Visionen
Facettenaugen spiegeln Illusionen
verwirbelte Wirklichkeit
im glitzernden Glasstrudel
oben unten vertauscht
Dimensionen ausgetauscht
in blinkendes Licht getaucht
anschwellendes Lachen
Regenbogenträume
träumen im Regen
Glänzende Flächen
Verwirren verraten
umgekehrte Realität
in zauberhaften Wendungen
klar strukturiert
märchenhaft verspielt
Silberregen
Regenbogenträume
träumen im Regen
Verlassenes Ödland
mit Freude geflutet
jetzt
jetzt gleich
Regenbogenträume.

Wenn der Mond die Sonne küsst

Und wenn sie tanzen
wenn sie singen
wenn das Leben
zwischen ihren Fingern zerrinnt
Wenn sie hoffen
wenn sie fragen
und letztendlich doch
der Tod gewinnt
Und wenn sie streiten
wenn sie klagen
Wenn das was sein soll
plötzlich ist
wenn sie träumen
wenn sie schreiben
und die Lebensspanne
nur bis nachher misst
Und wenn sie rebellieren
sich sperren und schrei'n
Wenn sie vergessen
verdrängen zu sein
Dann ist das ein Reigen
aus jetzt und aus hier
- im Hintergrund kreischende Geigen
zu wenig wäre das mir.
Brich aus aus den Klauen
all dessen was ist
Vertraue und springe
wenn der Mond
die Sonne küsst.

Naher Frühling

Zarte grüne Knospen
verheißen neues Leben
Getaute Erde Morgentau
Glitzernde Wiesen
in blau und hellgelb
lassen vergessen
alle Stunden der Traurigkeit
Verringern die Kälte
den dauernden Freund
der tief sich eingräbt
in Herzen Gedanken
Scheue Sonnenstrahlen
von glänzenden Augen reflektiert
durchleuchten dunkle Winkel
verstaubtes altes Tun
durchlöchern die Gewohnheit
So wächst das Neue
blüht das Leben
ein neuer Frühling
der Ziel und Sinn
in Sichtweite rückt.

Nur so

Es ist nur so
dass Bäume in den Himmel wachsen
Menschen anfangen zu denken
zu denken und sich im Kreis zu dreh'n
Es ist nur so
dass vieles sich verändert
Herzen schmelzen zu wächsernem Staub
zu Staub und sich selbst nicht mehr versteh'n
Es nur so
dass es verlernt wird glücklich zu sein
Blut in Adern fließt aus Stein
der sich der Körper bemächtigt
Es ist nur so
Es ist nur so
dass es so ist
dass ich es sagen muss
eh alles Stein ist
es ist nur so
dass ich dich liebe.

Orkan

Wieso sehnen
und warum warten
ein Warten auf Nichts
ein Sehnen nach Warten
Wartendes Sehnen
Verknüpft den Wind zu Netzen
die nichts aufhalten verwirren
verknoten verflechten
und es dann freigeben
dem Sturm dem Wind
Orkan des Nichtseins
Warten nach Sehnen
Sehnen auf Warten
Was war?
letztendlich ist was zählt
Nichts
das doch so viel
war ist sein wird
Ein Reigen
im sehnenden Wind
der wartet
und wartet und hofft
ja hofft vielleicht.

Traumland

Vor allem eben
ist der Himmel weit
die Wege endlos
der Horizont unberührt

Vor allem eben
werden Augenblicke ewig
Ideen bildlich
Visionen real

Vor allem eben
bist dort Du
ausschließlich Du
eben Du

Vor allem eben
ist mein Weg dorthin
eine Zeitreise
ein Wagnis
Vor allem eben
sieht man Blumen
und Wolken
und Stein

Vor allem eben
dort
dort neben der alten Eiche
dort wo Träume nicht sterben

Traumland.

Ja

Wenn das so wäre mit dir
mit Seelenflug
und Steg am See
mit Sonnenuntergang
und Morgenrot
Wenn das so wäre mit dir
mit Spiegelwand
und Nebelvorhang
mit Winterträumen
und barfuß im Sand
Wenn du wüsstest
wie es ist
wie es war
gestern und davor
Denn es ist
Doch ohne dich
Wenn du wenigstens wüsstest
Müsste dich nicht berühren
was mich
in den Grundfesten erschüttert?

Sterbliche Unsterblichkeit

Sie wollte sterben
für ihre Unsterblichkeit
und fallen um zu fliegen
Tränen auffangen
zu Lächeln verzaubern
Sie warf ihr Herz
und es flog weiter
höher
in andere Arme
ein sterbliches Herz
zu unsterblichen Gefühlen fähig
zwei Flügellose
die in ihrer Umarmung fliegen lernten
Sie warfen ihre Tränen
mit einem Lächeln im Gesicht
um sie niemals mehr
zu fangen
Zwei Herzen
auf dem Weg
zur Ewigkeit.

Herbstwald

Nebelverschleierte Welt
wankend standhaft
bebilderte Melancholie
in der anklingenden Dämmerung
ein Moment neben vielen
einer wie jetzt
Regenvorhang über bleigrauem Wasser
ruhig bewegt
ein stetiger Tanz
im aufwachenden Abend
ein Moment neben vielen
einer wie jetzt
Zaghafte Tropfen
düstere Wälder
es war vielleicht Herbst
der Herbst im Gefühl
so schweigend verloren
so still so vertraut
so endlos das Grau
so wiegend der Wind
ein Moment neben vielen
einer wie jetzt
melancholisch verträumt
zauberhaft leer
ein Moment neben vielen
einer wie jetzt
dieser Moment.

Lass uns tanzen

Hast du’s geahnt
gewusst dass
das Licht das Laub liebt
das Meer das Land umarmt
die Sonne den Fluss küsst
Lass uns tanzen
auf den höchsten Bergen
Lass uns tanzen
auf den Bergen dieser Welt
Hast du’s gesehen
gewusst dass
der Wind mit dem Sand spielt
der Mond deine Augen verehrt
dein Gesicht das Leben spiegelt
Lass uns tanzen
auf den höchsten Bergen
Lass uns tanzen
auf den Bergen dieser Welt
Hast du’s vernommen
gewusst dass
deine Worte Melodien erschaffen
deine Blicke zum Lächeln bringen
dein Schweigen die Stille zum Klingen bringt
Lass uns tanzen
auf den höchsten Bergen
Lass uns tanzen
auf den Bergen dieser Welt
unterm Endlosblau
tanzen.

Mondlicht

Wie Schatten im Lächeln
Perlen aus Schwarz
Die Violine spielt das Mondlicht
Wie gläserne Tränen
Wie eine Kerze mit zwei Dochten
das Mondlicht es tanzt
Wie ungesagte Worte
Wie knirschendes Eis
vom Mondlicht durchflutete Welt
Gedankenwelt Spiegelwelt
Wie ein blinder Maler
Wie eine vergessene Melodie
silberne Silben
die eine Brücke bilden
von der Seele bis dort
Wie süße Sehnsucht
Wie samtenes Blut
Tanz im Mondlicht
das Mondlicht es tanzt
gläserne Violine
Tränen aus Eis
Eine sich spiegelnde Kerze
Gedankennacht.

Wellenwind

Wind und Wellen
Wellenwind
Wellen und Wind
tragen es fort
bringen es wieder
das silberne Licht
die Spiegelung
Märchenwind
erschafft in Wellen
Gedanken die tanzen
Gedanken die sind
immer gleich immer neu
Wind in den Wellen
Wellenwind
Sturmwind der spricht
zieht sie zu sich
wirft sie von sich
subtiles Konstrukt
aus Illusion und Lichtspiel
die Spiegelung
die aus dem Gleichen
Neues schafft
erbaut vernichtet
beim Spiel mit dem Wind
Wellenwind
Wind Wellen Wind…

Fast

Fast geschrieben
diese Melodie
Fast den Mond geküsst
ihm dieses Märchen erzählt
fast
vielleicht
doch lieber nicht
nach morgen
und später
Fast die Tragik verpasst
die Handlung
das Fortschreiten der Zeit
fast
bestimmt
nicht ganz
vollständig
eine Ahnung bleibt
die den Mond
mit Nebel verschleiert
sein Wesen
im Verborgenen lässt
Worte beginnt
sie nicht vollendet
Eine Ahnung
die einen
silbernen Verdacht verbirgt
frei lässt?

Fast
beinahe
eine Grenze
die sich der Unendlichkeit annähert
die den Horizont berührt
dort wo zwei Seelen
zur Melodie tanzen
diese Melodie
jede Zeile
Musik…

Annahme

Observiert, beobachtet, analysiert und in Gedanken verändert, beibehalten, abgehakt, nachgefragt, beantwortet, offen gelassen, recherchiert, weiterverfolgt.
Ich nehme an, dass meine Annahmen Annahmen bleiben werden. Sie verdeutlichen eine Sicht der Welt, wie sie sich mir gezeigt hat.
Menschen in ihrem Umgang mit Menschen, Menschen in ihrem Umgang mit sich selbst, Menschen im Umgang mit all dem, was sie umgibt, beschäftigt, traurig oder fröhlich macht, zum Nachdenken bringt oder zum Weglaufen.
Oft sind es Momente, Augenblicke nur, Sekunden, die verändern, Eindruck hinterlassen, prägen, versuchen, erinnern, auslösen, verhärten und vergessen lassen.
Diesen kleinen Momenten, Stimmungen, Schwankungen und Gefühlen sind die Gedichte des folgenden Kapitels gewidmet.
Ihrer Wichtigkeit wird Sorge getragen, ihrer oftmals unterschätzen Vielfältigkeit.
Angenommen, sie wären nicht, was wäre das Leben wert? Welche Farbe hätte es?
Annahmen, Vermutungen, Ideen, Vorstellungen, Beobachtungen – ein breites Band aus kleinen Kleinigkeiten formt die Lebensminuten.

Konflikt

Emotionen im Konflikt
vor weißer Wand
grell beleuchtet
nichts geschönt
in diesem Kampf ohne Gewinner
eine ganze Farbpalette
voller Gefühle
zu einem hässlichen Schwarz gemischt
alles Denken abgekoppelt
leergefegter Kopf
Vernunft und Logik
gruppieren sich um diesen Schauplatz
völlig irrational
und unheimlich real
Krieg der Empfindungen
zu dramatischen Melodien
Du stehst neben dir
nimmst nur noch wahr
siehst nichts mehr
alles umgekehrt verdreht
verwickelt vertauscht
Halte inne
denn Gedanken ohne Kopf
sterben schnell.

Stetig

Regentropfen
stetig
Ein bisschen mehr
als überhaupt nicht
ohne Du
ohne Dich Dein
Du
Regentropfen
ganz für sich
doch in der Masse mächtig
Gedankentropfen die kreisen
stetig
ein bisschen mehr
eigentlich nicht
als nichts? gar nichts
ohne Dich
ohne Du Dein
Du
Regentropfen
sie fallen
fallen von weit
als flössen von nah
fremde Flüsse über
stetig
Ein bisschen mehr
vielleicht als nichts
ein wenig
nicht viel.

Lebenslooping

Durch Ignoranz
zum Schweigen gebracht
Aufgrund von Dummheit
das Denken verboten
alle gleich
keiner besser
zähe Ideen
in einem dunklen Einheitsbrei
Vervielfältigt geklont
geistige Armut toleriert
geliebt gelobt
den Konsum gefüttert
in der Warteschleife
süchtig nach Abenteuer
eine liegende Acht
ohne Ende
ohne Anfang
sinnloses Lebenslooping
nicht schlecht
nicht gut
umsonst zu leben
schlechter als
nicht gut
Im Dunstkreis der Nichtigkeit
gefangen
erhebe dich darüber
Von oben
hat man bessere Sicht
hier oben
ist die Luft viel besser.

Monumente

Niemals etwas vergessen
nichts was wichtig war
könnte wichtig werden
ist wichtig
alles überspielt zugekleistert
übermalt verziert
mit Rüschen und Mustern
und einem Lächeln
abgetan
Niemals etwas vergessen
Nichts was wichtig war
verdrängt
ja
umgestaltet
doch immer weiter entwickelt
vernachlässigte Gedanken
mutieren zu grotesken Statuen
Eigenleben
irgendwann im zu kleinen Raum
fordern Recht auf Entfaltung
ihr gutes Recht
Niemals vergessen
nichts was wichtig war
Gedanken
mit Biografie.

Pfeiler

Nicht einzuordnen
anzupassen abzurunden
ein buntes Tuch
im Einheitsschwarz
ein greller Hut
zwischen all den
Beerdigungsgästen
wie ein orangefarbenes Licht
inmitten rosafarbener Fratzen
Teiggesichter
Nicht zu kriegen
Nicht zu fassen
Nichts vorzuwerfen
außer Persönlichkeit
ein ruhender Pol
zwischen so vielen
Magneten
ziehen sich an
stoßen sich ab
gebeutelt von Meinungen
müde geworden
durch diese Uniformität
Niemals den Charakter
begraben
einsam
doch sich selbst genug
nicht zu begreifen
unnahbar
doch hoffnunggebend.

W wie Welt

Unerforschtes Territorium
ohne Inhalt
ein toter Kopf
kann nicht denken
Lebensraum entrissen
durch sinnlose Konflikte
Wahrheit und Wirklichkeit
gefürchtete Worte
zu leicht gesagt
Ohne Wahrheit
in der Wirklichkeit leben
ohne Inhalt
Unvereinbare Instanzen?
Keinen Bezug?
Bewahrheitete Wirklichkeit
Und was ist morgen?
Wird Wahrheit Wirklichkeit
oder verwirklicht sich Wahrheit?
Ein Traum von Harmonie
außerhalb des Denkens geträumt
Vereinbarung
von unveränderlich und wahr
von ewig und wirklich
Unerforschtes Territorium
ohne Verzeichnis
Ohne Wirklichkeit
und
Ohne Wahrheit
kann ein Kopf nicht leben.

Die Seele schreit

Fragile Momente vollkommener Einheit
Zerstörbare Sekunden überwundener Qual
Jeder Tag ein Marathon
und die Seele schreit
Kurzlebige Zeiten vermeintlicher Siege
Siege über die Verzweiflung
die Trauer
den tosenden Abgrund
der sich Herz nennt
Der Mensch als Überlebenskünstler
und die Seele schreit
Für Sekunden ambitioniert
es zu schaffen
um dann noch tiefer zu fallen
Herumgeschleudert von eigenen Schuldzuweisungen
verpassten Gelegenheiten
vergessenen Wichtigkeiten
und die Seele schreit
bis sie heiser ist
ein Krächzen
das grotesk anmutet
angesichts dieser unmenschlichen Schmerzen
stumpfsinnig der Hoffnungslosigkeit anheim gegeben
doch der Schmerz erreicht dich auch hier
die unsagbare Seelenfolter
und die Seele schreit
brüllt
haucht mit letzter Lebenskraft
Zerbrechliche Momente geordneter Gedanken
Seltene Sekunden vergänglichen Muts

Jeder Tag ein Marathon
und die Seele schreit
Kannst du teilen?
Verzweiflung verteilen?
Auf mehreren Schultern
getragen von der Liebe
ein Versuch ist es wert
diese unbeschreiblich große Qual
zu lindern.

Die Würde des Menschen

Gefoltert geknechtet
Unterdrückt gequält
der Freiheit beraubt
um Leben betrogen
Tränen verweigert
Schreie überhört
ein Dasein
mit der Perspektive Tod
Festgehalten geschlagen
die Seele bloßgelegt
ein Musterbeispiel
an Grausamkeit
Die Würde des Menschen
ist unantastbar
die Vielen
die Tausenden
die namenlos Vergessenen
in einem Verließ
irgendeinem irgendwo
willenlos resigniert
hinter dunklen Mauern
Die Würde des Menschen
ist unantastbar
zerfetzt zerrissen
entstellt verstümmelt
die Würde
und wir schauen zu.

Dorn im Fleisch

Ein winziger Dorn
im Fleisch
kann sich so leicht
entzünden
Misstrauen gesät
durch einen Satz
ein falscher Blick
trübt auf ewig
Freundschaft Liebe
Vertrauen
einmal enttäuscht
sich lächerlich gemacht
eine winzige Glasscherbe
rotiert in der Wunde
Bloßgelegte Seele
Transparente Meinung
Preisgegeben
der kalten Umwelt
Ein winziger Dorn
im Fleisch
Am Anfang der Verwesung
eine in Frage gestellte Beziehung
etwas Sand im Getriebe
Beeinflussbar
durch Gedankenkonstrukte
anderer?

Lass es gut sein

Erträglich arrangiert
das Leben gekauft
in blauen Seidentüchern transportiert
Wesentliches ausgegrenzt
aus dieser dimensionslosen Scheinwelt
Paläste gebaut
Bücher geschrieben
Köpfe gefüllt
mit Dumpfheit und Eis
Im Gleichklang mit dem Winter
Erträglich arrangiert
auch wenn es kein Leben war
etwas dazwischen
hinter dem Sein und vor dem Gewesen
vegetieren existieren
neben schweren Vorhängen
die fallen und fallen
und sind
erträglich arrangiert
Echtes ausrangiert
man war und ist
und plötzlich gewesen
Das Leben unter dem Leben
für Freiheit gehalten
und Seelen gekauft
Lass es gut sein.

Beide

Einerseits die Leere
das Nichts und das dahinter
eingesperrte Seelen
erfrieren in diesem Winter
Verlorene Wege die keine mehr sind
einsame Geister im Reigen mit dem Wind
Andrerseits Freude Wärme und Licht
geliebte Sommertage
in denen jede Angst zerbricht
Lachende Kinder Unbeschwertheit
lassen Gedanken fliegen
so weit so weit
Beide vorhanden
verhalten sich komplementär
das eine und das andere
als ob das immer so gewesen wär

Einerseits Zukunft
in bunt und grellrot
verheißt lediglich Leben und niemals den Tod
Erzählte Geschichten
zu Wirklichkeit geformt
alle Unterschiede zu einer Einheit genormt
Andrerseits Hass Zerrissenheit und Krieg
verdunkelte Gesichter
Einsamkeit die schwerer wiegt
zugeschüttete Lichter
und was sonst noch blieb

Beide vorhanden
verhalten sich komplementär
das eine und das andere
als ob das immer so gewesen wär.

Verachten beides und das andere auch
Verdrängen vergessen
immer schon Brauch
ergänzendes Leben ausgegrenzt ohne Sinn
zu einem offenen Denken zur Liebe
müssen wir hin.

Keiner

Und keiner weiß es
ahnt es spürt es
zu sehen gibt es nichts
vielleicht zu finden
zu vermuten
doch Schleier
aus Desinteresse und Abgestumpftheit
versperren die Sicht
Und keiner weiß es
ahnt es spürt es
dass da was ist
was dich zerreißt
die Seele zertrümmert
und lautlos schreit
So lebt man weiter
so vor sich hin
während da Augen sind
die bis auf den Grund
der Selbstbeherrschung blicken lassen
und nur die blanke Verzweiflung
erkannt hat
wie es dir geht
wirklich geht.

Sie schwimmen

Gedanken die schwimmen
verschwinden im Dunst
bunte Glaskugeln
die nicht sinken
große kleine
schimmernd und frei
Verraten ihren Inhalt nicht
lassen erahnen
erträumen ersehnen
nichts zu Ende
zum Ziel gedacht
begonnen begonnen
begonnen
Gedanken die schwimmen
zerflirren zergehen
wachsen und schwinden
taumelnde Fülle mal mehr mal so viel
Nähern sich
entfernen und verändern sich
Gedanken die schwimmen
weg von dir
hin
nicht zu halten
nur zu betrachten
bestaunen verstehn.

Figuren

Fragile Gebilde
aus Sand aus Staub
auf tönernen Füßen
in kalter Asche
als wären sie Stein
dem Unwetter ausgesetzt
dass sie sanft berührt
Geheimnisse preis gibt
vor dunstverhangenem Hintergrund
Zarte Figuren
deren Träume der Wind zerpeitscht
zerreibt zerstreut
auf Sand auf Staub
auf Ton und kalter Asche
Funken greifen danach
entfachen die Vision
läuten den Abschied ein
Kalte Asche
Toter Staub
aus dem Leben wächst
Leben.

Zeitgeist

Hörst du die Schreie
die vielen die lauten
die reißenden Herzen
mitten entzwei
geviertelte Empfindungen
ein Rest bleibt immer
Zu Hass mutiertes Tun
verschlingt zerfrisst
intakte Seelen
übertönt überschreit
allen Widerspruch
am Boden liegend
im Staub erstarrt
verhärtete Seelen
versteinern im Akkord
nicht die Kraft
dem Wind zu widerstehen
den man auch Zeitgeist nennt.

Ignoriert

Da sind Gedanken
die zerren
verlangen Aufmerksamkeit
sie zerreißen
meinen Teppich
aus Sicherheiten
den Vorhang
aus selbstgestalteter Illusion
der über den Empfindungen
liegt
gewebt aus Worten
ohne Inhalt
Momenten
ohne Wahrheit
Da sind Gedanken
in einem Reigen
aus Sturm
im Tanz
mit dem Untergang
Ausdruckslose Gebilde
mit starken Botschaften
sie reißen sie zerren
ziehen mich zum Licht
Da sind Gedanken
zu lange ignorierte
Gedanken.

Bedingung

Fallen und fliegen
Fesseln und befrein
Malen bunt und schwarz
rot und blau
und dunkelgrün
Es muss gesagt werden
gezeigt gesehen gefühlt
was da ist
Gehen und Bleiben
Nichtsein und Sein
die sich bedingen
Melodien bunt und schwarz
gelb und orange
und dunkelgrau
Es muss gezeigt werden
gesehen gefühlt gelebt
was da ist
Das da ist
Realität
und das Davor
und das Dahinter
farbenfrohe Illusion
bunte Vorstellung
nebeneinander
die sich bedingen
Das was da ist.

Blatt im Wind

Was ist das Blatt ohne Wind
die Seele ohne Flügel
der Tag ohne den Abend
das Herz ohne Liebe

Was ist das Meer ohne Wellen
der Mensch ohne Gott
der Baum ohne Wurzeln
die Augen ohne Licht

Was ist Schnee ohne die Kälte
die Vernunft ohne Anteilnahme
Gedanken ohne Leben
Freiheit ohne Halt

Was ist die Idee ohne Kopf
die Vision ohne Leidenschaft
das Gefühl ohne Spiegelung
die Suche ohne Sinn

Was ist eine Skulptur ohne Form
ein Töpfer ohne Ton
ein Traum ohne Realität
ein Moment ohne Erinnerung

Was ist das, wenn Menschen vergessen?
Wenn Menschenherzen verhärten?
Wenn Angst zu dicke Mauern baut?
Und Verlassenheit regiert?

Was ist der Mensch ohne Gott?
Der Mensch ohne Sinn?
Der Mensch ohne Ziel?
Der Mensch ohne Halt?

Ein Blatt im Wind
Ein bewegungsloses Meer
Ein Baum ohne Wurzeln
Ein Moment ohne Erinnerungen.

Eine Spiegelung vielleicht.
Ein schwaches Abbild.
Ebenbilder sollt ihr sein!

Zurück zu hier

Von dort nach da
Zurück zu hier
wenn gestern kommt
und morgen war
wenn jetzt vergeht
und nachher schweigt
Stunden verrinnen
Sekunden verglimmen
wie sterbende Kerzen
wie wankendes Licht
eine Flamme im Wind
ein Funke im Meer
Von dort nach da
hier und zurück
wenn früher kommt
weil später war
und vermutlich sich verirrt
Jahre zerfließen
Minuten zerfallen
ergänzen zu Stückwerk
wie überschwemmter Sand
angespülte Annahmen
zerfledderte Worte
Von dort nach da
vielleicht zurück
wahrscheinlich nicht
Erfahrung lehrt?

Festgehalten

Was trägt, was hält, was bleibt, wenn alles weg bricht? Was macht mich aus und was die anderen, durch wessen Augen sehe ich die Welt?
Worauf stelle ich meine Füße, wenn der Untergrund schaukelt, wankt, Risse bekommt und nach und nach an Halt verliert?
Gibt es da etwas, das Gültigkeit besitzt, jemanden, der bleibt und auch dann nicht weicht, wenn alle Vorzeichen negativ sind?
Jemanden, der versteht, der liebt, der festhält, der auffängt, der da ist? Immer?
Jemand, auf den ich mich verlassen kann, der zu mir hält, der in meine Situation blickt und darüber hinaus?
Jemand, der mein Gestern kennt, heute gegenwärtig ist und mitgeht in mein Morgen?
Ich glaube, eine Antwort gefunden zu haben.
Verschiedene Gedanken dazu finden sich im folgenden Kapitel.

Anker

Vielleicht um dich
nur tosendes Meer
Lebensstürme
ohne Aussicht auf Abschwächung
Wind und Regen
wechseln sich ab
auf einem berstenden Floß
dem Ungewissen entgegen
verdunkelter Horizont
dünne Kerze ohne Docht
frei doch orientierungslos
eigenmächtig aber verzweifelt
unnahbar doch einsam
Inmitten des Abenteuers
auf der Suche
nach einem trockenen Flusslauf
tosendes Chaos gesucht
herbeigesehnt gefunden
gehasst
Nimm den Anker
den Anker in der Zeit
der einzige
der dich festhalten kann
Halt geben kann
in diesem selbstverschuldeten
Wirrwarr.

Gebrochener Flügel

Gebrochene Flügel
aus Wachs
zu nah an der Sonne
alles außer Acht gelassen
hilflos abgestürzt
Nimm diese gebrochenen Flügel
neue starke
beständige Schwingen
Hinauf zu den roten Sternen
zum Mond
gebrochene Flügel abgestreift
auf dem Weg zur Ewigkeit
nutzlos geworden
Goldene Flügel
sichtbar
nur mit dem Herzen
Ein Band aus Glanz
von hier zum Himmel
Gebrochene Flügel
werden Legenden
Ein Band aus Licht
von hier zum Himmel.

Gott mit dir

Frieden mit dir
mitten im Schlachtfeld deines Daseins
Gelassenheit in dir
trotz aller durchkreuzten Pläne
Geborgenheit um dich
wenn die Stürme deines Lebens
sich zum Orkan formatieren
Eine schützende Hand über dir
wenn deine Füße
am Abgrund der Verzweiflung abrutschen
Ein tröstendes Wort in deinem Ohr
wenn die Trauer wie Blei sich lähmend um dich legt
Grenzenlose Liebe in deinem Herz
wenn zerstörender Hass dir entgegenschlägt
Vertraute Bilder vor deinem Auge
wenn die Welt um dich
zur fremden Unendlichkeit wird
Befreiende Gedanken in deinem Kopf
wenn eigenes Versagen dich zu ersticken droht
Neue Horizonte für deinen Geist
wenn dein eigener Körper dich einengt
Gott mit dir
mit allen Fragen
bei allen Fragen
allem Leid
deinem ganzen Sein.

Bewahrheitung

Nicht hierher zu gehören
doch da sein
Wieso gerade ich?
Du?
Wir?
Sind Freunde
abhängig vom Standort?
Wir
ein nicht zu wiederholendes Experiment?
Mit todsicherem
Ende?
Was ist schon ein Mensch
ein Gedanke ein Wort?
Flüchtig vergänglich
und doch gewollt
kein Zufallsprodukt
keine Nummer Ziffer Zahl
geplant vollendet
um neu anzufangen
das Ende einzuklammern
zwischen zwei Balken
Nägeln und Blut
Als Tod zu Liebe wurde
und alles sich erfüllte.

Bald ist Abend

Trostlose Einöde
überfüttert mit Eindrücken
ausgedörrt
kaum noch Seele zu nennen
überall nach Quellen gesucht
die dauernde Unruhe
auf tausend Arten bekämpft
bald ist Abend
gesucht geforscht
an falschen Orten
nach und nach Identität verloren
umherirrende Leere
mit nagender Sehnsucht
bald ist Abend
lieber sterben
als dieses Dahinsiechen
verkümmerte Seele
von allen vertröstet
das was dich ausmacht
auf dem Weg verkauft
verloren
Alle Quellen versiegt
Alle?
Wieso zur Quelle
wenn ein Ozean
voll Liebe
auf dich wartet?

Wahres Licht

Purpurfarbene Fetzen
Königsgewand
in nacktem Neonlicht
angebetet fallen gelassen
zertreten
betreten weggeschaut
Krone aus fleckigem Gold
zeitlos doch tot
Aufgespießt
auf die eigenen Ideale
Gehängt
an nicht überwundene Desillusionierung
Gehetzter Blick
Purpurfarnene Fetzen
in nacktem Neonlicht
bloßgestellt freigelegt
Inneres nach außen gekehrt
traurige Blicke
streifen deine Pantomime
flüchtige abschätzende
mit eigenen Lasten
Richte deinen Blick nach oben
ins Dort ins Immer
ins Licht
ins wahre Licht.

Vom Aufgang der Sonne

Geschmolzene Hoffnung
tödliche Lebendigkeit
erstarren in grotesker Form
Verzweifelt die Liebe gesucht
gebraucht bekämpft
Bedrohliches Angenommensein
Anzunehmen
dass nichts umsonst ist
nichts geschenkt
nichts ohne Preis
Jederzeit verfügbares Misstrauen
vergiftet
interveniert
Verlorener Ausweg
irreale Vernunft
Verstand verbogen
Erschreckende Veränderung
der Welt
der Umwelt
der Menschlichkeit
in Dir?
positive Einflüsse
gibt es nicht?
Nicht hier?
Nicht bei Dir?
Nirgends?

Zerfallener Optimismus
lebendige Leblosigkeit
Perspektive Dunkelheit
Verwirrende Vorbehaltlosigkeit
Enttäuschtes Vertrauen
loslassen können
abnehmen lassen
das einfallende Licht
der aufgehenden Sonne
flutet durchdringt verändert
ist.
Verfügbar jederzeit
und hier
und jetzt
bei Dir?

Nah

Gezwungene Gestalten
gestalten diesen Tag
wenn positives Denken, die Sonne
nichts vermag
Zerfleddern Ideale
zerreißen sie in Nichts
und während ich noch male
die Trauer meines Gesichts
und laut darüber lache
dass Masken nun mal sind
so weiß ich dass ich wache
bis endlich diese Nacht zerrinnt
Ich stehe hier und frage
und klage mich selbst an
Leben und Tod halten sich die Waage
auch wenn ich nicht mehr kann
Ich renne laufe fliehe
vor Gott und auch vor mir
schon lange Zeit vergangen
da gab es einmal „Wir"
Noch immer sind da Hände
voll Liebe voll Geduld
was ertränkt ist traurig
ein ganzes Meer aus Schuld
Ich dreh mich um und stehe
mit nichts als mir selbst da
Ich heb den Kopf und sehe
selbst jetzt bist du mir nah.

Dein Bild bleibt

Und wenn die Dunkelheit beginnt
Schatten den Sand dunkel malen
die Sonne im Meer versinkt
Gedanken sich jagen
und stillstehn und sind
Träume die Wirklichkeit kolorieren
und die Ewigkeit am Horizont beginnt
dann wenn du da bist
reale Illusion
die gefangen nimmt
und mit der Sonne im Meer versinkt
dann wenn die Dunkelheit beginnt
Tanzende Wellen
in der Endlosigkeit des Blickes
Schreiende Möwen
am Lebensstrand
dann wenn die Dunkelheit beginnt
und nur dein Bild bleibt.

Lied

Ein Wort ein Lied das dich beschreibt
Ein Gedanke tausend Wege
dich zu erfahren erkennen
begreifen, wer du wirklich bist
dein Sehnen und Kämpfen
dein Schreien und Rufen
Wie du bist und wie du warst
wie du sein wirst
morgen und immer
Ein Tanz ein Wort, dich zu erfassen
Ein Blick vergessene Wunder
dir näher zu kommen
Doch wann und wie
deiner Stimme folgen
dir zu gleichen
Liebe weiterzugeben auszuteilen
Ein Freund werden
wie du es bist
ein Liebender ein Gebender
Alles von dir erwartend
geborgen in deiner Hand.

Wesen

Ein Wesen
ans Licht gebracht
im Leben
bleibend
Ein unvergängliches
Wesen
Aus Liebe geschaffen
durch Liebe geleitet
Ein Wesen
ans Licht gebracht
unverwechselbar
Lichtgestalt
mit klarem Auftrag
offener Blick
weites Herz
mit einem Ziel
Ein Wesen
ans Licht gebracht
unumstößlich
im Fundament verwurzelt
streckt sich nach dem Himmel aus
Ein unvergängliches Wesen
ans Licht gebracht
vom Lichtbringer
vom Licht.

Frag doch

Frag doch die vielen
die tausenden Augen
die bangenden Herzen
die erstarrten Gesichter
mit Schuld im Blick
ozeantief wüstenweit
Frage und forsche
Was war und wieso?
Verkaufte Persönlichkeiten
Gehasste Nächste
Zerrissenes Selbst
mit Schuld im Blick
ozeantief wüstenweit
und endlos allein
in Anbetracht der Ratlosigkeit
Rastlosigkeit
Frag sie
sie sagen
uns wurde gesagt
versprochen gelobt
die Masse sei sicher
Selbstbetrug: in

Den Ausweg zu weisen
zu wenige da
sei einer mit Wahrheit
und führe
den Weg
zum Grab
dem leeren Grab.

Menschlich

Was ist menschlich und was nicht? Was macht einen Menschen aus, seinen Charakter, seine Individualität, sein Selbst?
Facettenreiche Geschöpfe, die immer wieder überraschen, die lieben, die hassen, die verändern und resignieren. Kaum jemals zu erfassen, zu sortieren, kennenzulernen.
In seiner Einzigartigkeit, jeder für sich ein Wunder.
Begabungen, Talente, Sichtweisen – die sich gegenseitig ergänzen, vervollständigen, bedingen, motivieren.
Ein buntes Netz aus Gefühlen, Gedanken, Visionen, Abgründen und Hoffnung.
Wird sich etwas ändern? Und wie viel kann der Einzelne tun? Bei sich selbst, für den Nächsten, für die Welt?
Gedankenanstöße dazu, Ideen, beobachtete Lebensmomente und ein winziger Ausschnitt der unbegreiflichen Vielfalt im folgenden Kapitel.

Augen

Augen
ein Fenster zur Seele
sichtbar gewordener Sinn
Alles überspielbar
Alles gelogen
doch die Augen
die Augen
immer echt
nie geheuchelt
nicht bestimmbar
verstellbar manipulierbar
Augen
der Schlüssel zur Seele
ein Tor mit sieben Riegeln
verletzt naiv
unschuldig zornig
klar enttäuscht
liebevoll kalt
durch sie sehen
gesehen werden
nichts bleibt verborgen
in den tiefen Seen
Augen
die Identität einer Spiegelung
die Wirklichkeit eines Moments.

Letzter Akt

Dramatische Wendung
im romantischen Drehbuch
keine Kontrolle mehr
über die Schauspieler
ein undurchdringliches Geflecht
aus Eigeninitiative
Flucht vor Oberflächlichkeit
Hinwendung zum Eigentlichen
Verlorene Seelen
schließen sich zusammen
zur Suche
zum Wiederfinden
Gerade noch so
die Realität bejaht
denn an Illusionen
kann man sich nicht festhalten
den eigenen Willen
ausgegraben
um ihn
dem Willensgeber zur Verfügung zu stellen
Dramatische Wendung
im letzten Akt
vom sinkenden Boot gesprungen
das Leben überdacht
geflohen vor der Flucht
- besser spät
als nie.

Kindheit

Vor dem Anfang
und nach dem Ende
Hinter dem Abgrund
und über dem Horizont
die schönsten Jahre
impliziert in pastell
über alles andre hinaus
abgehobene Wahrnehmungen
oben angekommen
ganz oben
abwechslungsreich stark
eine Zukunft
in den buntesten Ausführungen
Leben ohne Einschränkung
greifbare Traumvorstellung
Vor dem Anfang
und nach dem Ende
Hinter dem Abgrund
und über dem Horizont
Pastell wird zu Graffiti
Wärme zu Schmerz
kurz vor dem Auftauchen
runter von diesem Trip
Nach dem Anfang
und vor dem Ende
schrecklich konkret
fantasielose Sachlichkeit
Werd endlich erwachsen!
Durchschnittlich
Normal.

Selbstmitleid

Mit der Lieblosigkeit arrangiert
mit der Kälte auf du und du
Empfindungen bekämpft
Fehler vernichtet
zur Maschine geworden
ein Leben
in perfekten Pastelltönen
gekonnt gekleidet
verwirklicht geformt
den Winter geküsst
mit dem Hass geschlafen
Gedanken voller Gedankenlosigkeit
geboren
nur diese Lebensspanne?
An die Zeiger der Uhr gehängt
aufgehängt an eigenen Erwartungen?
bedeutungslose Anstrengungen
in einem bedeutungslosen Dasein
Und all die anderen
die sich nicht selbst dazu machten
können in ihrer Verzweiflung
dir helfen
du ihnen
psychisch physisch
Begrüße den Sommer!

Integrität

Doppeltes Leben
ohne zweifaches Glück
Gestützte Fassade
mit viel Aufwand renoviert
Nach innerer Ruhe gejagt
außer Atem
und außerstande
die Verzweiflung zu besiegen
Zweigleisig in eine Einbahnstraße
Mit dem Wörterbuch in der Hand
Integrität
Selbstbewusstsein in Senfkorngröße
Doppeltes Leben
ohne zweifaches Glück
ein bisschen Ruhe
etwas Zufriedenheit
für das geplagte Herz
so mühselig erbautes Selbstbildnis
innerlich zerfressen
Wann nur
Wann
lässt du dich lieben?
Retten aus dieser Folter
diesem Martyrium.

Heiter bis bedrohlich

Regeln beachtet
befolgt übertroffen
Von Mustern verachtet
verfolgt getroffen
Strukturen um der Strukturen Willen
Systeme Prinzipien
in einem dichten Netz
fast Stoff zu nennen
Gesetze Gebote Weisungen
doch im Maß verfehlt
schnüren ein
rauben Leben
ersticken Freiheit
Regeln um der Regel Willen
aus fraglichen Motiven
Eingehalten aus einem Prinzip heraus
blind befolgt
bewiesen
doch was?
und wem?
Alles berechtigt
im richtigen Maße
Alles gewollt
als Stütze und Hilfe
kein Gewebe
das die Luft abschnürt.

Szene

Durchlässige Ausschließlichkeit
ausschließliche Durchlässigkeit
man fragt man ahnt
man sinnt nach
Einzelleben auf den Brettern
die die Einsamkeit bedeuten
hier heut da morgen
dazwischen ein Gestern
früher vielleicht.
Ausschließlich annehmen
man verneint nicht
man dankt
Durchlässig aufbauen
das Skelett steht
Rohbau eines Daseins
man plant man will
man akzeptiert die Endlichkeit
ein Gerüst aus Logik
der Logik eines Traums
Albtraum
man erstarrt man verdrängt
man legt sich nicht fest
Durchlässige Ausschließlichkeit
ausschließliche Durchlässigkeit
ein löchriger Stoff
der die Bretter bedeckt
einsam leben auf den Brettern
die den Tod bedeuten.

Teilen

Isolierte Fröhlichkeit
Schutzraum des Seins
Abgesonderte Zufriedenheit
ein Status quo
aus schwarz und weiß
Gepanzertes Glücklichsein
Freude hinter Glas
Begrenzte Liebe
Eingemauerte Freiheit
für dich für dich
und nur dafür
Verlass den Ort
aus Ich und Ich
teile verändere
lebe das Wir
Ressourcen der Fantasie
für das was sein sollte
betrachte teile
lebe das Wir
nimm teile erweitere
lebe das Wir
Erfüllung
im Abgeben im Schenken
im Verlassen und Finden
Ein Kreislauf aus Wir
in dem das Ich
Heimat findet.

Wellenreiter

Wieso spielen
wenn du bist
Wieso hassen
wenn es doch Liebe ist
Wieso Verzweiflung
wo Hoffnung gemeint war?
Und wieso lachen
mit weinendem Herz?
Wieso fragen
wenn es klar wäre
Wieso zweifeln
wenn es sicher ist?
Wieso beenden
wenn du den Anfang noch suchst?
Und wieso übertönen
wenn die Stille Antworten offenbart
Im Kaleidoskop gefangen
das teilt und verzerrt
verspielte Beweggründe
umgekehrtes Warum
auf Maskenwellen
einem Ufer zu
das doch so weit ist
vom Hafen
Wellenreiter
akrobatisch verstellen
Wieso?

Erinnerungswert

Sie halten auf
halten ein
verpacken Glasfäden
in Kästchen aus Gold
verzierte Erinnerungen
von Gedanken umsponnen
gehetzt Sorge getragen
auf Watte gebettet
Erinnerungen
die bleiben
die das Alter nicht ausbleicht
keine Enttäuschung zerfrisst
geliebte Feen
Erinnerungen
in Kästchen aus Gold
die der Wind zuspielt
mit anderen teilt
lebendige Vergangene
vergangenes Leben
mit Einfluss auf jetzt
Erinnerungen
Zauberschnüre fragiles Blattwerk
Ewigkeiten eines Lebens
in Kästchen aus Gold
bitter süß melancholisch schön
Aufhalten;
Innehalten;
Erinnerungen.

Weitere Informationen über Bücher aus dem Machtwortverlag erhalten Sie im Internet unter:
http://www.machtwortverlag.de
Bei Interesse fragen Sie Ihren Buchhändler!

Machtwortverlag
Orangeriestr. 31
06847 Dessau
Tel./Fax: 0340-511558
e-mail: machtwort@web.de